# Des Grafen Lamoral von Egmont Leben und Tod

Friedrich Schiller

Das Andenken des durch die Schlachten bei St. Quentin und Gravelingen, und durch sein unglückliches Ende in der niederländischen Geschichte so merkwürdigen Grafen von Egmont, des ersten wichtigen Schlachtopfers, welches unter Alba's blutiger Verwaltung für die niederländische Freiheit gefallen ist, ist durch das Trauerspiel dieses Nahmens neuerdings wieder aufgefrischt worden. Ein historisches Detail seiner Geschichte, aus glaubwürdigen Quellen geschöpft, dürfte manchen Leser vielleicht interessieren, und dieß um so mehr, da das öffentliche Leben dieses Mannes in die Geschichte seines Volks auf's genaueste eingreift.

Lamoral Graf von Egmont und Prinz von Gavre wurde im Jahr 1523 gebohren. Sein Vater war Johann von Egmont, Kammerherr in Diensten des Kaisers, seine Mutter Franziska, eine Prinzessinn von Luxemburg. Sein Geschlecht, eins der edelsten in den Niederlanden, schrieb sich von den Herzogen von Geldern her, die ihre Unabhängigkeit lange Zeit hartnäckig gegen das burgundische und österreichische Haus behauptet, endlich aber der Uebermacht Karls V. hatten unterliegen müssen; ja es leitete seinen Ursprung bis zu den alten frisischen Königen hinauf. Noch sehr jung trat Lamoral von Egmont in die Kriegsdienste des Kaisers, und bildete sich in den französischen Kriegen dieses Monarchen zum künftigen Helden. Im Jahr 1544 vermählte er sich auf dem Reichstage zu Speier und in Beiseyn des Kaisers mit Sabina, Pfalzgräfinn von Baiern, einer Schwester Johanns, Churfürsten von der Pfalz, die ihm drei Prinzen und acht Prinzessinnen gebahr. Zwei Jahre darauf wurde er auf einem Kapitel, das der Kaiser in Utrecht hielt, zum Ritter des goldnen Vließes geschlagen.

Der französische Krieg, welcher im Jahr 1557 unter Philipp II. wieder ausbrach, öfnete dem Grafen von Egmont die Bahn zum Ruhme. Emanuel Philibert, Herzog von Savoyen, der die vereinigte englisch-spanische und niederländische Armee als Generalissimus befehligte, hatte St. Quintin in der Picardie berennet, und der Konnetable von Frankreich rückte mit einem Heer von 30.000 Mann und dem Kern des französischen Adels herbei, diese Stadt zu entsetzen. Ein tiefer Morast trennte die beiden Heere. Es gelang dem französischen Feldherrn, nachdem er das Lager des Herzogs von Savoyen beschossen und diesen genöthigt hatte seine Stellung zu verlassen, einige 100 Mann in die Stadt zu werfen. Weil die spanische Armee aber gegen 60.000 Mann, und also noch einmal so stark war als die seinige, so begnügte sich der Konnetable, die Besatzung in St. Quintin verstärkt zu haben, in welche sich auch der Admiral Coligni zur Nachtzeit geworfen, und schickte sich deswegen zum Abzug an. Aber eben dieses fürchtete man im spanischen Kriegsrath, der in Egmonts Lager gehalten wurde. Egmont, den seine natürliche Herzhaftigkeit hinriß, und die schwächere Anzahl des Feindes noch muthiger machte, stimmte hitzig dafür, den Feind anzugreifen und eine Schlacht zu wagen.

Diese Meinung, obgleich von vielen bestritten, behielt die Oberhand. Am 10ten August, als am Tage des St. Laurentius, führte der Herzog die Armee durch einen engen Paß, der von den Feinden nur schlecht besezt war und sogleich verlassen wurde; Egmont mit seinen leichten Reitern voran, ihm folgte der Graf von Hoorne mit 1000 schweren Reitern, diesem die deutsche Reiterei zu 2000 Pferden, unter Anführung der Herzoge Erich und Heinrich von Braunschweig; der Herzog von Savoyen selbst schloß mit dem Fußvolk. Die französische Armee war schon im Abzug begriffen,

Egmonts Reiterei folgte ihr aber so hitzig, daß sie sie 3 Meilen von St. Quintin noch erreichte. Die Niederländer brachen mit solchem Ungestüm von allen Seiten in den Feind, daß sie seine vordersten Glieder niederwarfen, die Schlachtordnung trennten, und das ganze Heer in die Flucht schlugen. 3000 Franzosen blieben auf dem Platz, der Herzog von Bourbon wurde erschossen, und außer dem Konnetable, der verwundet vom Pferde geworfen und mit seinen zwei Söhnen gefangen wurde, kamen noch mehrere aus dem ersten französischen Adel in des Siegers Gewalt. Das ganze Lager wurde erobert, und eine große Anzahl Gefangener gemacht. Um diesen herrlichen Sieg, dem die Einnahme von St. Quintin auf dem Fuße folgte, hatte Egmont das doppelte Verdienst, daß er zur Schlacht gerathen, und daß er sie größtentheils selbst gewonnen hatte.

Bald veränderte die Zurückberufung des Herzogs von Guise aus Italien das Kriegsglück, und brachte die Waffen der Franzosen wieder empor. Kalais wurde durch ihn den Engländern entrissen, eine französische Armee verheerte Luxemburg, Flandern wurde durch den Marschall von Thermes beunruhigt. Diesem letztern schickte Philipp den Grafen von Egmont an der Spitze von 12.000 Mann Fußvolk und 2000 Pferden entgegen. Der Marschall wollte sich, nachdem er Dünkirchen verbrannt hatte, längs der Küste nach Kalais zurückziehen, als ihn Egmont am 13ten Jul. 1558, eben als er den kleinen Fluß Ha bei Gravelingen passiren wollte, überfiel. Die Franzosen, bei 10.000 Mann zu Fuß und 1500 zu Pferde stark, empfiengen ihn in Schlachtordnung mit einem mörderischen Feuer, daß gleich bei'm ersten Angriff sein Pferd unter ihm erschossen wurde. Nichts desto weniger drang er wüthend ein, und weil die breite sandigte Ebene den Kampf begünstigte, erhub sich ein verzweifeltes Gefecht, wo Hand gegen Hand und Pferd gegen Pferd stritt, desgleichen man in neuern Zeiten wenig Beispiele erlebte. Eine ziemlich lange Zeit blieb der Sieg zwischen beiden gleich tapfern und versuchten Heeren zweifelhaft, bis er endlich durch einen glücklichen Zufall für die Niederländer entschieden wurde.

Der Schall des Geschützes hatte einige englische Schiffe, welche die Königinn Maria an dieser Küste kreutzen ließ, um den Paß zwischen Dünkirchen und Kalais zu reinigen, herbeigezogen, welche, da es meistens kleine Fahrzeuge waren, nahe genug am Lande anlegten, um einen Flügel der Franzosen mit dem groben Geschütze noch zu erreichen. So klein der Schade war, den sie anrichteten, da ihre allzugroße Entfernung die Wirkung ihres Geschützes beinahe ganz unkräftig machte, und dieses Freund und Feind ohne Unterschied traf, so bestürzte doch ihre unvermuthete Dazwischenkunft die eine Parthei, und erhob den Muth der andern. Graf Egmont, dem dieses nicht entgieng, ließ seine deutschen Reiter der französischen Cavallerie unversehends hinter den Sandbergen hervor in die Flanke fallen, und brachte diese dadurch in etwas zum Weichen; worauf die burgundische Reiterei heftiger eindrang, die Schlachtordnung trennte und unter dem Fußvolk die Unordnung allgemein machte. 1500 blieben auf dem Platze, außer denen, welche sich durch Schwimmen zu retten suchten und von den Engländern untergetaucht wurden. Von Thermes und seine besten Officiers, alle verwundet, mußten sich ergeben; Fahnen, Geschütz nebst der ganzen bisher gemachten Beute kamen in die Hände des Siegers. Ein weit elenderes Schicksal erwartete die, welche dem Treffen entkommen waren, und den flämischen Bauern in die Hände fielen. Diese, durch Einäscherung und Ausplünderung ihrer Dörfer gegen die Franzosen in die äußerste Wuth gebracht, fielen nun mit mörderischem Grimm über die wehrlosen Flüchtlinge her; die

Weiber selbst, erzählt Strada, stellten ihnen durch das ganze Land bandenweise nach, zerfleischten sie mit Nägeln, oder schlugen sie langsam mit Prügeln zu Tode, daß von allen, die Dünkirchen verbrannt hatten, fast kein einziger entrann. Zweihundert, welche die Engländer lebendig in die Hände bekamen, schickten sie ihrer Königinn nach London, ihren Antheil an dem Siege dadurch außer Zweifel zu setzen. Von den Niederländern wurden nicht 400 Todte gezählt. Die schleunige Wiedereroberung der verlorenen Städte war die erste Frucht dieses glorreichen Sieges, in welchem Egmont das Verdienst eines Feldherrn mit der Bravour eines gemeinen Soldaten vereinigt hatte.

Die Niederlagen bei St. Quintin und Gravelingen machten Heinrich den Zweiten sehr zum Frieden geneigt, welcher auch das Jahr darauf 1559 zu Chateau Cambresis geschlossen wurde. Die niederländische Reiterei hatte sich in diesem Kriege besonders nahmhaft gemacht, und aller Ruhm häufte sich auf dem Grafen von Egmont, der sie angeführt hatte. Die flandrischen Städte, die sich vom Ungemach des Kriegs, dessen Schauplatz sie gewesen waren, in einem blühenden Frieden wieder erhohlten, fühlten sich für diese Wohlthat dem Grafen von Egmont besonders verpflichtet, dessen Tapferkeit ihn dem Feind abgedrungen hatte. Sein Nahme war in jedermanns Munde, und die allgemeine Stimme erklärte ihn zum Helden seiner Zeit. Philipp II. selbst vergab seinem spanischen Stolze so viel, daß er sich öffentlich für seinen Schuldner bekannte, und sich dieser Verbindlichkeit auf eine würdige Art zu entledigen versprach.

Bald nach geschlossenem Frieden machte der König Anstalt, die Niederlande zu verlassen, und in seine, ihm so theure, spanische Staaten zurückzukehren. Eine der wichtigsten Angelegenheiten, die er noch vor seiner Abreise zu berichtigen fand, war die Einsetzung eines Generalstatthalters über die sämmtlichen Niederlande, welches Amt durch die Abreise des Herzogs von Savoyen nach Italien jezt erledigt stand. Unter den Prätendenten, welche zu diesem wichtigen Posten in Vorschlag kamen, stand Graf Egmont mit Wilhelm I., Prinzen von Oranien, oben an, und die Wünsche der Nation blieben zweifelhaft zwischen diesen beiden. Aber Philipp, der es nicht für rathsam hielt, eine so große Gewalt in die Hände eines *Volksfreunds* zu geben, und der überdem, so sehr er den Grafen von Egmont als einen braven Soldaten schäzte, die feine Staatskunst bei ihm vermißte, die zu einem solchen Posten erforderlich war, in die Rechtgläubigkeit und Treue des Prinzen von Oranien aber ein nicht ganz ungegründetes Mißtrauen sezte, übergieng beide, und rief seine natürliche Schwester, die Herzoginn Margaretha von Parma, aus Italien, die Niederlande während seiner Abwesenheit zu verwalten. Den Grafen von Egmont suchte er durch die zwei einträglichen Statthalterschaften über Artois und Flandern, den Prinzen von Oranien durch drei andre über Holland, Seeland und Utrecht zufrieden zu stellen. Aber so glänzend diese Belohnung war, und so sehr sie alle diejenigen übertraf, welche dem übrigen hohen Adel zu Theil wurden, so konnte sie doch den Ehrgeitz zweier Männer nicht ersättigen, die ihre Erwartungen auf etwas Höheres gerichtet hatten; und Philipp hatte durch diesen glänzenden Vorzug nur den Saamen zu künftiger Empörung bei ihnen ausgestreut.

Dennoch würde sich ihre Ehrbegierde über diese fehlgeschlagene Erwartung noch endlich beruhigt haben, da es die Schwester ihres Königs war, der sie nachgesezt wurden, und eine weibliche Regierung ihnen zu dem wichtigsten Antheil an der Gewalt Hofnung machte. Aber auch diese Hofnung wurde ihnen durch Einführung des Bischofs von Arras, nachherigen Kardinals Granvella, in das Ministerium, abgeschnitten, den der König seiner Schwester als geheimen Rath an die Seite gab, und mit einer eben so verhaßten als ordnungswidrigen Gewalt bekleidete. Schon seine dunkle Geburt, da sein Großvater ein Eisenschmidt gewesen, mußte den auf seine Vorzüge äußerst stolzen niederländischen Adel wider die Erhebung dieses Prälaten aufbringen, aber dieser Unwille war um so gerechter und um so heftiger, da Granvella kein Eingebohrner war, und die Konstitution der Niederlande ausdrücklich alle Ausländer von *allen* Bedienungen ausschließt. Die Rolle, welche dieser Mann unter der vorigen Regierung in Deutschland gespielt hatte, trug eben nicht dazu bei, ihm das Herz der Niederländer im voraus zu gewinnen. Sein gesezwidriges Verfahren im Staatsrathe zu Brüssel, die Herrschsucht, womit er alle Privilegien der Provinzen mit Füßen trat, seine Habsucht, seine üppige Lebensart, sein hochfahrendes Wesen, der Druck, worunter er den hohen Adel hielt, und das geringschätzige Betragen, das er gegen verschiedene von den Großen affektirte, brachte die Erbitterung gegen ihn auf's höchste, und reizte den größten Theil unter ihnen an, sich gegen diesen gemeinschaftlichen Feind zu verbinden.

Die Einsetzung von dreizehn neuen Bißthümern, ein Werk dieses Ministers, brachte bald die gesammte niederländische Nation gegen ihn in Harnisch. Ausserdem, daß diese eigenmächtige Erweiterung der Hierarchie, bei der man die Stände nicht zu Rathe gezogen hatte, den Territorialfreiheiten der Provinzen zuwider lief, drohte sie zugleich ihrer Verfassung den Umsturz, weil voraus zu sehen war, daß diese neuen Stände dem Hofe, dem sie ihre Existenz dankten, auf's eifrigste anhängen, und die Mehrheit der Stimmen in den Versammlungen auf die Seite des Königs neigen würden. Alle Aebte und Mönche erhizten sich gegen die neuen Bischöfe, weil diese an die Einkünfte der Klöster und Stiftungen, und als Reformatoren des Klerus aufgestellt waren. Der gemeine Mann verabscheute sie als Werkzeuge des verhaßten Inquisitionsgerichtes, das man ihnen schon auf dem Fuße folgen sah. Die grausamen Prozeduren, welche, den strengen Religionsedikten gemäß, gegen die Ketzer ergiengen, die Insolenz der spanischen Truppen, welche noch von dem lezten Kriege her, der Konstitution zuwider, in den Gränzstädten in Besatzung lagen, und deren längeres Veweilen man auf's verhaßteste erklärte, mit den Privatbeschwerden gegen den Minister verbunden – alles dieses wirkte zusammen, die Nation mit Besorgnissen zu erfüllen, und den Adel wie das Volk gegen das Joch des Ministers zu empören.

Unter den Mißvergnügten thaten sich der Prinz von Oranien, Graf Egmont und Graf von Hoorn auf's engste zusammen. Alle drei waren Staatsräthe, und hatten von der Herrschsucht des Kardinals gleiche Kränkungen erfahren. Nachdem sie vergebens versucht hatten, sich unter dem übrigen Adel eine Parthie zu machen, den eine knechtische Furcht vor dem Minister noch von einem kühnern Schritte abschrekte, führten sie ihr Vorhaben für sich allein aus, und sezten ein gemeinschaftliches Schreiben an den König auf, worin sie den Minister förmlich als den Feind der Nation, und als die Ursache aller bisherigen Unruhen anklagten. Sie erklärten, daß das allgemeine Mißvergnügen nicht aufhören würde, so lange dieser verhaßte Prälat am Staatsruder säße, und daß sie selbst nicht mehr im Staatsrath erscheinen könnten, wenn es Sr. Majestät nicht gefiele, diesen Mann zu entfernen. Da auf dieses Gesuch nichts erfolgte, so verließen sie den Staatsrath wirklich, von welchem der Kardinal nun einen unumschränkten Besitz nahm.

Da es ihnen auf diesem Wege mißlungen war, den Minister zu entfernen, so suchten sie es durch Verspottung seiner Person und seiner Verwaltung dahin zu bringen, daß er selbst resignirte. Ein lustiger Einfall, den Egmont hatte, der sämmtlichen Dienerschaft des Adels eine gemeinschaftliche Liverei zu geben, worauf eine Narrenkappe gestickt war, sezte den Kardinal, auf den diese gedeutet wurde, dem allgemeinen Gelächter aus, daß der Hof sich darein mengen, und diese Liverei verbiethen mußte. Die Ausgelassenheit des Pöbels gegen den Minister gieng so weit, daß man ihm Pasquille in die Hand schob, wenn er sich öffentlich zeigte. Er hatte dem Haß der ganzenNation Trotz gebothen, aber diesen Grad öffentlicher Verachtung konnte er nicht ertragen. Er legte seine Ministerstelle nieder, und verließ die Provinzen.

Nach dem Abzug Granvellens hatte der Graf von Egmont beinahe den ersten Platz in der Gunst der Regentinn. Da es aber an einer festen Hand fehlte, den unter sich selbst entzweihten und von dem verschiedensten Privatinteresse gelenkten Adel zusammenzuhalten, so wurde die Anarchie allgemein, die Justiz wurde schlecht verwaltet, die Finanzen vernachlässigt, das Religionswesen gerieth in Verfall und die Sekten griffen um sich. Eine geschärfte Erneurung der Religionsedikte von Spanien aus war die nächste Folge dieser Zerrüttung; aber das Volk, durch die bisherige Nachsicht verwöhnt, wollte dieses Joch nicht mehr tragen. Um eben diese Zeit sollten die Schlüsse der tridentinischen Kirchenversammlung in den Niederlanden zur Vollstreckung gebracht werden. Ihr Inhalt stritt mit den Gerechtigkeiten der Provinzen, und alle Stände lehnten sich dagegen auf. Um den König auf andere Gedanken zu bringen, schickte die Regentinn den Grafen von Egmont nach Spanien, der ihn durch mündliche Berichte besser, als sich durch Briefe thun ließ, von dem gegenwärtigen Zustand der Dinge unterrichten konnte. Egmont reis'te im Jenner 1565 aus den Niederlanden ab.

Der Empfang, der ihm in Madrid widerfuhr, war auszeichnend. Der König und alle seine kastilianischen Großen beeiferten sich in die Wette, seiner Eitelkeit zu schmeicheln. Alle seine Privatgesuche wurden ihm über alle seine Erwartungen gewährt, und diese Gewährungen noch bei seinem Abschied mit einem Geschenke von 50.000 Gulden begleitet. Sanfte Vorwürfe über den Muthwillen gegen Granvella, die ihm der König in einer Privataudienz machte, mußten sein Vertrauen in dessen Aufrichtigkeit eher vermehren als vermindern. Von den Gesinnungen des Königs gegen die niederländische Nation wurden ihm von diesem selbst, und von allen seinen Räthen die besten Versicherungen gegeben. Der König, hieß es, wolle nach den bessern Belehrungen, die er nunmehr durch den Grafen erhalten, auf das einstimmige Verlangen der Provinzen Rücksicht nehmen, und den Weg der Güte gewaltsamen Maßregeln vorziehen. Egmont verließ Madrid als ein Glücklicher – er erfüllte die Niederlande mit Lobpreisung des Monarchen, während daß schon neue Mandate hinter ihm hereilten, die seine Versicherungen Lügen straften.

Zu spät erwachte er von seinem Taumel. Die allgemeine Stimme klagte ihn an, daß er über seinen Privatnutzen das allgemeine Beste hintan gesezt habe. Er schrie laut über die spanische Arglist, und drohte alle seine Bedienungen niederzulegen. Aber es blieb bei der

Drohung. – Egmont hatte eilf Kinder, und Schulden drückten ihn. Er konnte den König nicht entbehren.

Die Abkündigung der geschärften Religionsedikte hatte die Verbindung des niedern Adels zur Folge, die unter dem Nahmen des *Geusenbundes* bekannt ist. An der Konföderation nahm Egmont selbst keinen Antheil, aber viele seiner genauen Freunde und Lehnleute traten ihr bei; sein eigner Sekretair, Johann Käsenbrodt van Beckerzeel, war darunter. Dieser Umstand erschwerte in der Folge seine Verschuldung. Er habe dieses gewußt, hieß es, und diesen Menschen dennoch in seinen Diensten behalten – und dadurch sei er selbst des Hochverraths schuldig.

Einsmals, als die verbundenen Edelleute im Kuibemburgischen Hause zu Brüssel von dem Grafen von Brederode traktirt wurden, führte ihn der Zufall mit einigen seiner Freunde an diesem Hause vorbei. Eine unschuldige Neugierde zog ihn hinein. Er wurde genöthigt mit zu trinken. Die Gesundheit der Geusen kam auf, er that Bescheid, ohne zu wissen, was man damit wollte. Auch darauf wurde nachher eine Anklage wegen Hochverrath gegründet.

Bald nach Errichtung des Geusenbundes brach die Bilderstürmerei in den Provinzen aus. Die Statthalter eilten von Brüssel weg nach ihren Distrikten, um die Ruhe wieder herzustellen. Hier zeichnete sich Egmont durch seinen Diensteifer vor allen übrigen aus. Er ließ in Artois und Flandern viele Aufrührer am Leben strafen, und brachte die Protestanten zur Ruhe. Aber auch diesen großen Dienst rechnete man ihm nachher als Hochverrath an, weil er den Protestanten einige geringe Concessionen ertheilt hatte, die er ihnen nicht im Stande gewesen wäre, mit Gewalt zu verweigern.

Die Exzesse der öffentlichen Predigten und der Bilderstürmerei gaben den alten unversöhnlichen Feinden des niederländischen Volks, dem Kardinal Granvella, der seinen Einfluß auf den König noch immer behalten hatte, dem Herzog von Alba und dem Großinquisitor Spinosa die Waffen in die Hand, den Häuptern des niederländischen Adels im Gemüthe des Königs eine tödliche Wunde zu versetzen. Alle diese Unordnungen wurden ihnen zur Last gelegt. Ihre Lauigkeit im Dienste des Königs, ihre Nachsicht gegen die einreissenden Sekten, ihre heimlichen Intriguen und Aufmunterungen, ihr Beispiel in der Widersezlichkeit, ihre Verbindungen mit den conföderirten Geusen – alles dieses mußte nun zusammengewirkt haben, den Muth der Rebellen zu erheben, und ihre Ausschweifungen zu begünstigen. Dazu kam, daß viele dieser Wahnsinnigen, die man bei'm Bilderstürmen ergriffen und zum Tode verurtheilt hatte, sich mit den Nahmen des Prinzen von Oranien, des Grafen von Egmont, von Hoorn und anderer, waffneten, und ihre eigene Schandthaten dadurch zu beschönigen suchen. Freilich würde ohne die lauten Protestationen, welche die niederländischen Großen gegen die grausamen Strafbefehle eingelegt hatten, das gemeine Volk nie so kühn geworden seyn, diese Befehle öffentlich zu verhöhnen, und in solche Gewaltthätigkeiten auszubrechen; aber mit welchem Rechte konnte man Folgen, an welche jene nie gedacht hatten, auf ihre Rechnung setzen? Jene Protestationen konnten sich mit der strengsten Treue gegen den Monarchen vertragen, und das Beste der Nation, deren Stellvertreter und Sachwalter sie waren, machte sie ihnen zu einer heiligen Pflicht – wie konnte man sie für die unglücklichen Folgen ihrer löblichen Absichten verantwortlich machen?

Das Konseil in Segovien urtheilte anders. Man überredete den König, die bisherige Verfahrungsart zu verändern, das Volk als den betrogenen Theil zu schonen, und die Großen zu züchtigen. Es ist nicht zu läugnen, daß der Schein gegen diese sprach, und ein Monarch wie Philipp konnte ihr Betragen nicht wohl aus einem andern Gesichtspunkte betrachten. Der niederländische Adel machte Ansprüche, die in der ganzen Monarchie ohne Beispiel waren. Auf die stolzen Titel von ständischer Freiheit gestüzt, durch die Vorliebe und Schwäche Karls V. für sein Vaterland noch mehr in einem Eigendünkel bestärket, den er schon in so reichem Maße besaß, ließ er sich in allen seinen Handlungen von einem Geiste der Ungebundenheit leiten, der bis zum Muthwillen gieng, und mit dem Princip eines Monarchen ganz unverträglich war. Was in Brüssel eine ganz gewöhnliche und erlaubte Freiheit war, mußte nothwendig in Madrid als die gesezwidrigste Anmaßung in die Augen fallen. Auch die kastilianische Grandezza war auf ihre Vorzüge stolz; aber ein Monarch, der diese anerkannte, konnte sie an ihrem eignen Stolze, wie an einem Gängelbande leiten. Der Geist der Unabhängigkeit, der unter den spanischen Großen noch nicht hatte unterdrückt werden können, vertrug sich mit der Monarchie, ja sogar mit dem Despotismus, „weil eben diese Großen durch den Despotismus, den sie über ihre eigene Unterthanen ausübten, daran gewöhnt waren; da im Gegentheil der niederländische Adel ganz verlernt hatte, Despotismus zu ertragen, weil er selbst freien Leuten geboth, weil er selbst keinen ausüben durfte.“

[60] Bei diesem widrigen Vorurtheile des Königs gegen die Häupter des niederländischen Adels war es kein Wunder, daß er sich den gewaltthätigsten Maßregeln gegen sie überließ. Von jezt an war das Verderben des Prinzen von Oranien, des Grafen von Egmont, von

Hoorne und vieler andrer im stillen beschlossen; um sie aber in die Schlinge zu locken, die man ihnen bereitete, mußten sie durch verstellte Aeußerungen seiner Zufriedenheit erst sicher gemacht werden. Man schrieb ihnen die gnädigsten Briefe, die von Vertrauen und Wohlgewogenheit überflossen. Die Anschuldigungen und Vorwürfe, die man auf eine geschickte Art einmischte, gaben diesen Versicherungen einen Schein von Aufrichtigkeit, und stürzten sie in eine gefährliche Ruhe, als wenn dieß alles wäre, was man über sie zu klagen hätte. Dem Grafen von Egmont sagte man oft harte Dinge in diesen Briefen, um so weniger fiel es ihm ein, daß noch etwas im Hinterhalt seyn könnte.

So leicht Egmont in die Schlinge zu ziehn war, so schwer hielt es, den Prinzen von Oranien zu täuschen. Eine glücklichere Kombinationsgabe, mehr Kenntniß der Welt und der Höfe, und die Aufmerksamkeit seiner Feinde bewahrten ihn vor Betrug. Gerade um dieselbe Zeit, wo der König in Versicherungen seiner Zufriedenheit gegen ihn und seine Freunde so verschwenderisch war, entdeckte ihm ein aufgefangener Brief von einem spanischen Bothschafter aus Paris die wahren Gesinnungen des Königs. Bei einer Zusammenkunft, die er mit den Grafen von Egmont, von Hoorn, von Hoogstraten und von Nassau zu Dendermonde in Flandern veranstaltete, legte er ihnen dieses Schreiben vor, dessen Inhalt noch durch ein andres, welches Hoorn um dieselbe Zeit aus Madrid erhalten, bestätigt wurde. Man wollte sich über die Maßregeln vereinigen, die man in dieser dringenden Gefahr gemeinschaftlich zu nehmen hätte; man sprach von gewaltsamer Widersetzung, wobei besonders auf Egmonts Ansehen bei den niederländischen Truppen sehr gerechnet wurde. Aber wie erstaunte man, als dieser dazwischen trat, und sich auf folgende Art erklärte:

„Lieber, sagte er, mag alles über mich kommen, als daß ich das Glück so verwegen versuchen sollte. Das Geschwätz des Spaniers Alava rührt mich wenig – wie sollte dieser Mensch dazu kommen, in das verschlossene Gemüth seines Herrn zu schauen, und seine Geheimnisse zu entziffern? Die Nachrichten, welche uns Montigny gibt, beweisen weiter nichts, als daß der König eine sehr zweideutige Meinung von unserm Diensteifer hegt, und Ursache zu haben glaubt, ein Mißtrauen in unsre Treue zu setzen; und dazu, däucht mir, hätten wir ihm durch das Vergangene Anlaß gegeben. Auch ist es [62] mein ernstlicher Vorsatz, durch Verdoppelung meines Eifers seine Meinung von mir zu verbessern, und durch mein künftiges Verhalten den Verdacht auszulöschen, den mein bisheriges Betragen auf mich geworfen haben mag. Und wie sollte ich mich aus den Armen meiner zahlreichen und hülfsbedürftigen Familie reissen, um mich an fremden Höfen als einen Landflüchtigen herum zu tragen, eine Last für jeden, der mich aufnimmt, jedes Sklave, der sich herablassen will, mir unter die Arme zu greifen, ein Knecht von Ausländern, um einem leidlichen Zwang in meiner Heimat zu entgehen? Nimmermehr kann der Monarch ungütig an einem Diener handeln, der ihm sonst lieb und theuer war, und der sich ein gegründetes Recht auf seine Dankbarkeit erworben. Nimmermehr wird man mich überreden, daß er, der für sein niederländisches Volk so gnädige Gesinnungen gehegt, und so nachdrücklich mir betheuert hat, jezt so despotische Anschläge dagegen schmiede. Haben wir nur erst dem Lande seine vorige Ruhe wieder gegeben, die Rebellen gezüchtigt, den katholischen Gottesdienst wieder hergestellt, so glauben sie mir, daß man von keinen spanischen Truppen mehr hören wird; und dieß ist es, wozu ich sie alle durch meinen Rath und durch mein Beispiel jezt auffordre, und wozu auch bereits die mehresten unter dem Adel sich neigen. Ich, meines Theils, fürchte nichts von dem Zorne des Monarchen. [63] Mein Gewissen spricht mich frei. Mein Schicksal steht bei seiner Gerechtigkeit und seiner Gnade.“

Alle Gegenvorstellungen des Prinzen von Oranien waren vergebens. Der Ausbruch der Bilderstürmerei hatte dem Grafen von Egmont die Augen über sein Betragen geöfnet. Er war ein eifriger Katholik, und dem Könige aus mehr als einem Grunde, und mehr als er selbst wußte, ergeben. Ein fortgesezter Briefwechsel mit dem Hof, vertraute Verhältnisse mit der Regentinn, und mehr als dieß alles, die persönlichen Verbindlichkeiten, die er dem Könige hatte, hielten ihn auf's engste an die Krone angeschlossen. Wie sehr mußten ihn also die unerhörten Gewaltthätigkeiten empören, welche sich die Sekten unter dem Titel einer Freiheit herausnahmen, die er bis jezt in den unschuldigsten Absichten für sie verfochten hatte! Von jezt an trennte er seine Sache ganz von der ihrigen, und gab sich zu allen Maßregeln her, welche die Regentinn gegen sie in Ausübung brachte. Als diese von dem gesammten Adel einen neuen Eid der Treue verlangte, war er einer der ersten, die ihn leisteten.

Um diese Zeit wurde in Spanien die Absendung eines spanischen Kriegsheers nach den Niederlanden beschlossen, welches der Herzog von Alba anführen [64] sollte. In den Provinzen selbst hatte die Regentinn durch den Weg der Waffen die Ruhe wieder hergestellt, und die Protestanten beinahe ganz unterdrücket. Da die Unordnungen getilgt, und das Land beruhiget war, so konnte diese gewaffnete Ankunft des Herzogs keinen andern Zweck haben, als die Bestrafung des Vergangenen, und Unterdrückung der gefürchteten Großen. Mehr noch, als die Winke, welche man von Spanien aus erhielt, bestätigte dieß der persönliche Charakter des Herzogs von Alba.

Der Schrecken dieses Gerüchtes führte den rebellischen Adel zu den Füßen der Regentinn. Die sich zu hart vergangen hatten, um noch Vergebung hoffen zu können, oder den schwankenden Versicherungen von Gnade nicht trauten, flohen eilfertig aus dem Lande, und ließen lieber alle ihre Güter im Stiche. Der Prinz von Oranien war unter diesen, aber noch vor seinem Abschied versuchte er, den Grafen von Egmont zu einem ähnlichen Entschluß zu vermögen. In Willebroek, einem Dorfe zwischen Antwerpen und Brüssel, geschah die Zusammenkunft, welcher auch der Graf von Mannsfeld und ein Geheimschreiber der Regentinn beiwohnte. Nachdem letztere, in Vereinigung mit dem Grafen von Egmont, umsonst versucht hatten, den Entschluß des Prinzen von Oranien zu erschüttern, folgte jener dem Prinzen an ein Fenster. „Es [**65**] wird dir deine Güter kosten, Oranien, sagte Egmont, wenn du auf diesem Vorsatz bestehest“ – „Und dir dein Leben, Egmont, wenn du den deinigen nicht änderst, antwortete der Prinz. Mir wenigstens wird es Trost seyn in jedem Schicksal, daß ich Freunde und Vaterland in der Stunde der Noth durch Beispiel und Rath unterstüzte; du wirst Freunde und Vaterland in *ein* Verderben mit dir hinabziehen.“ Noch einmal wandte der Prinz seine ganze Beredsamkeit an, seinen Freund über die nahe Gefahr aufzuklären, und ihn zu einem heilsamen Entschluß zu bewegen, aber umsonst. Egmont war mit tausend Banden an sein Vaterland gekettet, eine thörichte Zuversicht hielt seine Augen gebunden, und sein Verhängniß stellte sich ihm entgegen. „Nimmermehr wirst du mich bereden, Oranien, sagte er, die Dinge in diesem trüben Lichte zu sehen, worin sie dir erscheinen. Hab ich es erst dahin gebracht, die Rebellen zu Boden zu treten, und den Provinzen ihre ewige Ruhe wieder zu geben, was kann der König mir anhaben? Das König ist gütig und gerecht, ich habe mir Ansprüche auf seine Dankbarkeit erworben. Soll ich durch eine schimpfliche Flucht mich selbst ihrer unwerth erklären?" – „Wohlan, rief Oranien aus, so wage es denn auf diese königliche Dankbarkeit. Aber mir sagt eine traurige Ahndung – und gebe der Himmel, daß sie mich betrüge! – daß du [66] die Brücke seyn werdest, Egmont, über welche die Spanier in das Land setzen, und die sie abbrechen werden, wenn sie darüber sind." Nach diesen Worten umarmte er ihn noch einmal, seine Augen waren feucht, sie hatten einander zum leztenmal gesehen.

Egmont war einer der Ersten, die den Herzog von Alba bei seinem Eintritt in Luxemburg begrüßten. Als ihn lezterer von ferne kommen sah, sagte er zu denen, die neben ihm standen: *„Da kommt der große Ketzer."* Egmont, der es gehört hatte, stand betreten still und verblaßte. Als ihn aber der Herzog mit erheitertem Gesicht bewillkommte, war diese Warnung sogleich vergessen. Er machte dem Herzog ein Geschenk mit zwei schönen Pferden, um seine Freundschaft zu gewinnen.

Zwei so entgegengesezte Charaktere, wie Egmont und Alba, konnten nie Freunde seyn; aber eine frühe Eifersucht im Kriegsruhme hatte dem Herzog längst eine stille Feindschaft gegen Egmont eingeflößt, die durch einige unbedeutende Kleinigkeiten genährt wurde. Egmont hatte ihm einmal bei'm Würfelspiel mehrere tausend Goldgulden abgenommen, eine Beleidigung, die der karge Spanier nie verzeihen konnte. Ein andermal wurde er von dem Grafen bei einem [67] Scheibenschießen in Brüssel auf den Wettkampf herausgefordert, und überwunden. Ganz Brüssel bezeugte laut seine

Freude, und frohlokte, daß der Flamänder über den Spanier Meister geworden sei. Solche Kleinigkeiten vergessen sich unter Menschen nie, die im Großen gegen einander stoßen; und Alba konnte so wenig vergeben, als sein König.

Die ersten Tage seiner Anwesenheit in Brüssel verhielt sich der Herzog ganz ruhig; er mußte den Adel erst sicher machen, um alle diejenigen herbeizulocken, um die es ihm zu thun war. Der Graf von Hoorn hatte es für rathsam gehalten, nicht bei'm Empfange zu seyn; aber die Versicherungen, die ihm Egmont von den guten Gesinnungen des neuen Statthalters gab, machten ihm Muth, daß er in kurzer Zeit auch herbeikam. Der Graf von Hoogstraten fehlte allein noch, dem unter einem Geschäftsvorwand befohlen wurde in Brüssel zu erscheinen. Ein glücklicher Zufall bewahrte ihn vor seinem Verderben.

Zu lange wollte der Herzog indessen diesen wichtigen Schritt nicht verschieben; das Geheimniß konnte verhauchen, und seine Opfer entwischten ihm. Der Tag wurde also angesezt, wo man sich der beiden Grafen von Hoorn und von Egmont versichern wollte. [68] Zu gleicher Zeit sollten ihre Sekretaire verhaftet und ihre Briefschaften in Verwahrung genommen werden. Der spanische Gouverneur in Antwerpen, Graf von Lodrona, hatte Befehl, sich an dem nähmlichen Tag des Bürgermeisters zu bemächtigen, und, sobald es geschehen, dem Herzog durch eine Estafette Nachricht davon zu geben.

An diesem Tage wurden die Grafen von Mannsfeld, von Hoorn, von Egmont, von Barlaimont, von Arschot u. a. nebst den Söhnen des Herzogs und den vornehmsten spanischen Offiziers unter dem Vorwand einer außerordentlichen Berathschlagung im

Kuilemburgischen Hause, wo des Herzogs Quartier war, versammelt. Der Herzog unterhielt sich mit ihnen über den Plan einer Citadelle, die er in Antwerpen wollte anlegen lassen, und suchte die Sitzung so sehr als möglich zu verlängern, weil er keinen Schritt thun wollte, ehe er wußte, wie sein Anschlag in Antwerpen ausgefallen sei. Um dieses mit desto weniger Verdacht zu thun, ließ er sich von dem Kriegsbaumeister, Paciotto, den er aus Italien mitgebracht, den Riß zu der Vestung vorlegen und die Ritter ihr Gutachten davon sagen. Endlich als der Kourier von Antwerpen mit günstigen Zeitungen eingetroffen, entließ er das Conseil. Egmont wollte sich nun mit dem Sohn des Herzogs hinweg begeben, als [69] ihm der Hauptmann von der Leibwache des Herzogs, Sancho von Avila, in den Weg trat, und zu gleicher Zeit eine Schar spanischer Soldaten sichtbar wurde, die ihm Flucht und Vertheidigung unmöglich machten. Der Offizier forderte ihm den Degen ab, den er ihm mit vieler Fassung anlieferte. „Dieser Stahl, sagte er, hat die Sache des Königs schon einigemal nicht ohne Glück vertheidigt.“ In der nehmlichen Stunde wurde auch der Graf von Hoorn in einem andern Theil des Pallastes gefangen genommen. Hoorn fragte, wie es mit Egmont stünde? Man sagte ihm, daß dieser in eben dem Augenblick auch in Verhaft genommen würde, worauf er sich ohne Widerstand ergab. „Von ihm hab’ ich mich leiten lassen, rief er aus, es ist billig, daß ich *ein* Schicksal mit ihm theile.“ Während daß dieses in dem Kuilemburgischen Hause vorgieng, stand ein spanisches Regiment vor demselbigen unter dem Gewehre.

Beide Grafen wurden einige Wochen nach ihrer Verhaftung unter einer Escorte von 3000 spanischen Soldaten nach Gent geschaft, wo sie länger als 8 Monate in der Citadelle verwahrt wurden. Ihr Proceß wurde in aller Form von dem Rath der Zwölfe, den der Herzog zu

Untersuchungen über die vergangenen Unruhen in Brüssel niedergesezt hatte, vorgenommen, und der Generalprokurator, Johann du [70]Bois, mußte die Anklage aufsetzen. Die, welche gegen Egmont gerichtet war, enthielt neunzig verschiedene Klagpunkte, und 60 die andre, welche den Grafen von Hoorn angieng. Es würde zu weitläuftig seyn, sie hier aufzuführen; auch sind oben schon einige Muster davon gegeben worden. Jede noch so unschuldige Handlung, jede Unterlassung wurde aus dem Gesichtspunkt betrachtet, den man gleich im Eingange festgesezt hatte, „daß beide Grafen, in Verbindung mit dem Prinzen von Oranien, getrachtet haben sollten, das königliche Ansehen in den Niederlanden über den Haufen zu werfen, und sich selbst die Regierung des Landes in die Hände zu spielen.“ Granvellas Vertreibung, Egmonts Absendung nach Madrid, die Konföderation der Geusen, die Bewilligungen, welche sie in ihren Statthalterschaften den Protestanten ertheilt – alles dieses mußte nun in Hinsicht auf jenen Plan geschehen seyn, alles Zusammenhang haben. Die nichtsbedeutendsten Kleinigkeiten wurden dadurch wichtig, und eine vergiftete die andre. Nachdem man zur Vorsorge die meisten Artikel schon einzeln als Verbrechen beleidigter Majestät behandelt hatte, so konnte man um so leichter aus allen zusammen dieses Urtheil herausbringen.

Jedem der beiden Gefangenen wurde die Anklage zugeschickt, mit dem Bedeuten, binnen fünf Tagen [71] darauf zu antworten. Nachdem sie dieses gethan, erlaubte man ihnen, Defensoren und Prokuratoren anzunehmen, denen freier Zutritt zu ihnen verstattet wurde. Da sie des Verbrechens der beleidigten Majestät angeklagt waren, so war es keinem ihrer Freunde erlaubt, sie zu sehen. Graf

Egmont bediente sich eines Herrn von Landas und einiger geschickten Rechtsgelehrten aus Brüssel.

Ihr erster Schritt war, gegen das Gericht zu protestiren, das über sie sprechen sollte, da sie als Ritter des goldnen Vließes nur von dem König selbst, als dem Großmeister dieses Ordens, gerichtet werden könnten. Aber diese Protestation wurde verworfen, und darauf gedrungen, daß sie ihre Zeugen vorbringen sollten, widrigenfalls man in contumaciam gegen sie fortfahren würde. Egmont hatte auf 82 Punkte mit den befriedigendsten Gründen geantwortet; auch der Graf von Hoorn beantwortete seine Anklage Punkt für Punkt. Klagschrift und Rechtfertigung sind noch vorhanden; jedes unbefangne Tribunal würde sie auf eine solche Vertheidigung frei gesprochen haben. Der Fiskal drang auf ihre Zeugnisse, und Herzog Alba ließ wiederholte Dekrete an sie ergehen, damit zu eilen. Sie zögerten von einer Woche zur andern, indem sie ihre Protestationen gegen die Unrechtmäßigkeit des Gerichts erneuerten. [72] Endlich sezte ihnen der Herzog noch einen Termin von 9 Tagen, ihre Zeugnisse vorzubringen; nachdem sie auch diese hatten verstreichen lassen, wurden sie für überwiesen und aller Vertheidigung verlustig erkläret.

Während daß dieser Prozeß betrieben wurde, verhielten sich die Verwandte und Freunde der beiden Grafen nicht müssig. Egmonts Gemahlinn, eine gebohrne Herzoginn von Baiern, wandte sich mit Bittschriften an die deutschen Reichsfürsten, an den Kaiser, an den König von Spanien; so auch die Gräfinn von Hoorn, die Mutter des Gefangenen, die mit den ersten fürstlichen Familien Deutschlands in Freundschaft oder Verwandtschaft stand. Alle protestirten laut gegen dieses gesezwidrige Verfahren, und wollten die deutsche

Reichsfreiheit, worauf der Graf von Hoorn als Reichsgraf noch besondern Anspruch machte, die niederländische Freiheit, und die Privilegien des Ordens vom goldnen Vließe dagegen geltend machen. Die Gräfinn von Egmont brachte fast alle Höfe für ihren Gemahl in Bewegung; der König von Spanien und sein Statthalter wurden von Intercessionen belagert, die von einem zum andern gewiesen und von beiden verspottet wurden. Die Gräfinn von Hoorne sammelte von allen Rittern des Vließes aus Spanien, Deutschland, Italien Certifikate zusammen, die Privilegien des Ordens dadurch zu erweisen. [73] Alba wies sie zurück, indem er erklärte, daß sie in dem jetzigen Falle keine Kraft hätten. „Die Verbrechen, deren man die Grafen beschuldige, seien in Angelegenheiten der niederländischen Provinzen begangen, und er, der Herzog, von dem Könige über alle niederländische Angelegenheiten zum alleinigen Richter gesezt.

Vier Monate hatte man dem Fiskal zu seiner Klagschrift eingeräumt, und fünfe wurden den beiden Grafen zu ihrer Vertheidigung gegeben. Aber anstatt Zeit und Mühe durch Herbeischaffung ihrer Zeugnisse, die ihnen wenig genüzt haben würden, zu verlieren, verloren sie sie lieber durch Protestationen gegen ihre Richter, die ihnen noch weniger nüzten. Durch jene hätten sie doch wahrscheinlich das lezte Urtheil *verzögert*, und in der Zeit, die sie dadurch gewannen, hätten die kräftigen Verwendungen ihrer Freunde vielleicht doch noch von Wirkung seyn können; durch ihr hartnäckiges Beharren auf Verwerfung des Gerichts gaben sie dem Herzog die Gelegeneheit an die Hand, den Proceß zu verkürzen. Nach Ablauf des lezten äußersten Termins, am 1sten Junius 1568, erklärte sie der Rath der Zwölfe für schuldig, und am 4ten dieses Monats folgte das lezte Urtheil gegen sie.

[74] Die Hinrichtung von 25 edeln Niederländern, welche binnen drei Tagen auf dem Markte zu Brüssel enthauptet wurden, war das schreckliche Vorspiel von dem Schicksal, welches beide Grafen erwartete. Johann Käsenbrodt von Bekerzeel, Secretair bei dem Grafen von Egmont war einer dieser Unglücklichen, welcher für seine Treue gegen seinen Herrn, die er auch auf der Folter standhaft behauptete, und für seinen Eifer im Dienste des Königs, den er gegen die Bilderstürmer bewiesen, diesen Lohn erhielt. Die übrigen waren entweder bei dem geusischen Aufstand mit den Waffen in der Hand gefangen, oder wegen ihres ehemaligen Antheils an der Bittschrift des Adels als Hochverräther eingezogen und verurtheilt worden.

Der Herzog hatte Ursache, mit Vollstreckung der Sentenz zu eilen. Graf Ludwig von Nassau hatte den Grafen von Aremberg bei dem Kloster Heiligerlee in Gröningen ein Treffen geliefert, und das Glück gehabt ihn zu überwinden. Gleich nach dem Siege war er vor Gröningen gerückt, welches er belagert hielt. Das Glück seiner Waffen hatte den Muth seines Anhangs erhoben, und der Prinz von Oranien, sein Bruder, war mit einem Heere nahe, ihn zu unterstüzen. Alles dieß machte die Gegenwart des Herzogs in diesen entlegenen Provinzen nothwendig; aber ehe [75] das Schicksal zweier so wichtigen Gefangenen entschieden war, durfte er es nicht wagen, Brüssel zu verlassen. Die ganze Nation war ihnen mit einer enthusiastischen Ergebenheit zugethan, die durch ihr unglückliches Schicksal nicht wenig vermehrt ward. Auch der streng katholische Theil gönnte dem Herzog den Triumph nicht, zwei so wichtige Männer zu unterdrücken. Ein einziger Vortheil, den die Waffen der Rebellen über ihn davon trugen oder auch nur das bloße erdichtete Gerücht davon in Brüssel war genug, eine Revolution in dieser Stadt zu bewirken, wodurch beide Grafen in Freiheit gesezt wurden. Dazu kam, daß der Bittschriften und Interzessionen, die von Seiten der deutschen Reichsfürsten bei ihm sowohl als bei dem König in Spanien einliefen, täglich mehr wurden, ja, das Kaiser Maximilian II. selbst der Gräfinn von Egmont versichern ließ: *„sie habe für das Leben ihres Gemahls nichts zu besorgen"* welche wichtige Verwendungen den König endlich doch zum Vortheil der Gefangenen umstimmen konnten. Ja, der König konnte vielleicht, im Vertrauen auf die Schnelligkeit seines Statthalters den Vorstellungen so vieler Fürsten zum Schein nachgeben, und das Todesurtheil gegen die Gefangenen aufheben, weil er sich versichert hielt, daß diese Gnade zu spät kommen würde. Gründe genug, daß [**76**] der Herzog mit der Vollstreckung der Sentenz nicht säumte, sobald sie gefällt war.

Gleich den andern Tag wurden beide Grafen unter einer Bedeckung von 3000 Spaniern aus der Citadelle von Gent nach Brüssel gebracht, und im *Brodthause* auf dem großen Markt gefangen gesezt. Am andern Morgen wurde der Rath der Unruhen versammelt, der Herzog erschien gegen seine Gewohnheit selbst, und die beiden Urtheile, couvertirt und versiegelt, wurden von dem Sekretair *Prantz* erbrochen und öffentlich abgelesen. Beide Grafen waren der beleidigten Majestät schuldig erkannt, *weil sie die abscheuliche Verschwörung des Prinzen von Oranien begünstigt, und befördert, die konföderirten Edelleute in Schutz genommen, und in ihren Statthalterschaften und andern Bedienungen dem König und der Kirche schlecht gedient hätten.* Beide sollten öffentlich enthauptet, ihre Köpfe auf Spiese gesteckt, und ohne ausdrücklichen Befehl des Herzogs nicht abgenommen werden. Alle ihre Güter, Lehen und Rechte waren dem königlichen Fiskus zugesprochen. Das Urtheil war von dem Herzog allein und dem Sekretair Prantz unterzeichnet, ohne daß man sich um die Beistimmung der übrigen Kriminalräthe bemühet hätte.

[77] In der Nacht zwischen dem 4ten und 5ten Junius brachte man ihnen die Sentenz in's Gefängniß, nachdem sie schon schlafen gegangen waren. Der Herzog hatte sie dem Bischof von Ypern, *Martin Rithov* eingehändigt, den er ausdrücklich darum nach Brüssel kommen ließ, um die Gefangenen zum Tode zu bereiten. Als der Bischof diesen Auftrag erhielt, warf er sich dem Herzoge zu Füßen und flehte mit Thränen in den Augen, um Gnade – um Aufschub wenigstens für die Gefangenen; worauf ihm mit harter zorniger Stimme geantwortet wurde, daß man ihn nicht von Ypern gerufen habe, um sich dem Urtheile zu widersetzen, sondern um es den unglücklichen Grafen durch seinen Zuspruch zu erleichtern.

Dem Grafen von Egmont zeigte er das Todesurtheil zuerst vor. „Das ist fürwahr ein strenges Urtheil, rief der Graf bleich und mit entsezter Stimme. So schwer glaubte ich Seine Majestät nicht beleidigt zu haben, um eine solche Behandlung zu verdienen. *Muß* es aber seyn, so unterwerfe ich mich diesem Schicksale mit Ergebung. Möge dieser Tod meine Sünden tilgen, und weder meiner Gatinn noch meinen Kindern zum Nachtheile gereichen! Dieses wenigstens glaube ich für meine vergangenen Dienste erwarten zu können. Den Tod will ich mit gefaßter Seele erleiden, weil es Gott und dem König so gefällt" – [78] Er drang hierauf in den Bischof, ihm ernstlich und aufrichtig zu sagen, ob keine Gnade zu hoffen sei? Als ihm mit Nein geantwortet wurde, beichtete er, und empfieng das Sacrament von dem Priester, dem er die Messe mit sehr großer Andacht nachsprach. Er fragte ihn, welches Gebeth wohl das beste und rührendste seyn würde, um sich Gott in seiner lezten Stunde zu empfehlen? Da ihm dieser antwortete, daß kein eindringenderes Gebeth sei, als das, welches Christus der Herr selbst gelehret habe, das Vater unser; so schickte er sich sogleich an, es herzusagen. Der Gedanke an seine Familie unterbrach ihn; er ließ sich Feder und Dinte geben, und schrieb zwei Briefe, einen an seine Gemahlinn, den andern an den König nach Spanien, welcher leztere also lautete:

## *Sire,*

Diesen Morgen habe ich das Urtheil angehört, welches Ew. Majestät gefallen hat, über mich aussprechen zu lassen. So weit ich auch immer davon entfernt gewesen bin, gegen die Person oder den Dienst Ew. Majestät, oder gegen die einzig wahre, alte und katholische Religion etwas zu unternehmen, so unterwerfe ich mich dennoch dem Schicksale mit Geduld, welches Gott gefallen hat, über mich zu verhängen. Habe ich während der vergangenen Unruhen etwas zugelassen, gerathen oder gethan, was meinen Pflichten zu widerstreiten scheint, so ist es gewiß aus der besten Meinung geschehen, und mir durch den Zwang der Umstände abgedrungen worden. Darum bitte ich Ew. Majestät, es mir zu vergeben, und in Rücksicht auf meine vergangenen Dienste mit meiner unglücklichen Gattinn und meinen armen Kindern und Dienstleuten Erbarmen zu tragen. In dieser festen Hofnung empfehle ich mich der unendlichen Barmherzigkeit Gottes.

Brüssel, den 5ten Jun. 1568. dem lezten Augenblick nahe.

*Ew. Majestät*

treuster Vasall und Diener

Lamoral Graf von Egmont.

Diesen Brief empfahl er dem Bischof auf's dringendste; um sicherer zu gehen, schickte er noch eine eigenhändige Kopie desselben an den Staatsrath Viglius, dem billigsten Mann im Senate, und es ist nicht zu zweifeln, daß er dem König wirklich übergeben worden. Die Familie des Grafen erhielt nachher alle ihre Güter, Lehen und Rechte zurück, die, kraft des Urtheils, dem königlichen Fiskus heimgefallen waren.

[80] Unterdessen hatte man auf dem Markte zu Brüssel vor dem Stadthaus ein Schaffot aufgeschlagen, auf welchem zwei Stangen mit eisernen Spitzen befestigt wurden, alles mit schwarzem Tuche bedeckt. Zwei und zwanzig Fahnen spanischer Garnison umgaben das Gerüste, eine Vorsicht, die nicht überflüßig war. Zwischen 10 und 11 Uhr erschien die spanische Wache im Zimmer des Grafen, sie war mit Strängen versehen, ihm, der Gewohnheit nach, die Hände damit zu binden. Er verbath sich dieses und erklärte, daß er willig und bereit sei, zu sterben. Von seinem Wamms hatte er selbst den Kragen abgeschnitten, um dem Nachrichter sein Amt zu erleichtern. Er trug einen Nachtrock von rothem Damast, über diesem einen schwarzen spanischen Mantel mit goldnen Tressen verbrämt. So erschien er auf dem Gerüste. Don Julian Romero, Maitre de Camp, ein spanischer Hauptmann, mit Nahmen Salinas, und der Bischof von Ypern folgten ihm hinauf. Der Grand Prevot des Hofs, einen rothen Stab in der Hand, saß zu Pferde am Fuß des Gerüstes; der Nachrichter war unter demselben verborgen.

Egmont hatte anfangs Lust bezeugt, von dem Schaffot eine Anrede an das Volk zu halten. Als ihm aber der Bischof vorstellte, daß er entweder nicht gehört werden, oder, wenn dieß auch geschähe, bei [**81**] der gegenwärtigen gefährlichen Stimmung des Volks leicht zu Gewaltthätigkeiten Anlaß geben könnte, die seine Freunde nur ins Verderben stürzen würden, so ließ er dieses Vorhaben fahren. Er ging einige Augenblicke lang mit edelm Anstand auf dem Gerüste auf und nieder, und beklagte, daß es ihm nicht vergönnet sei, für seinen König und sein Vaterland einen rühmlichen Tod zu sterben. Bis auf den lezten Augenblick hatte er sich noch nicht recht überregen können, daß es dem Könige mit diesem strengen Verfahren Ernst sei und daß man es weiter als bis zum bloßen Schrecken der Exekution treiben würde. Wie der entscheidende Augenblick herannahte, wo er das lezte Sakrament empfangen sollte, wie er harrend herum sah und noch immer nichts erfolgte, so wandte er sich an Julian Romero, und fragte ihn noch einmal, ob keine Begnadigung für ihn zu hoffen sei? Julian Romero zog die Schultern, sah zur Erde und schwieg.

Da biß er die Zähne zusammen, warf seinen Mantel und Nachtrock nieder, kniete auf das Kissen, und schickte sich zum lezten Gebet an. Der Bischoff ließ ihn das Crucifix küssen und gab ihm die lezte Oelung, worauf ihm der Graf ein Zeichen gab, ihn zu verlassen. Er zog alsdann eine seidene Mütze über die Augen, und erwartete den Streich – Ueber den Leichnam und das fließende Blut wurde sogleich ein schwarzes Tuch geworfen.

Ganz Brüssel, das sich um das Schaffot drängte, fühlte den tödlichen Streich mit. Laute Thränen unterbrachen die fürchterlichste Stille.

Der Herzog, der der Hinrichtung aus einem Fenster zusah, wischte sich die Augen.

Bald darauf brachte man den Grafen von Hoorn. Dieser von einer heftigern Gemüthsart als sein Freund, und durch mehr Gründe zum Hasse gegen den König gereizt, hatte das Urtheil mit weniger Gelassenheit empfangen, ob es gleich gegen ihn in einem geringern Grad unrecht war. Er hatte sich harte Aeußerungen gegen den König erlaubt, und mit Mühe hatte ihn der Bischof dahin vermocht, von seinen lezten Augenblicken einen bessern Gebrauch zu machen, als sie in Verwünschungen gegen seine Feinde zu verlieren. Endlich sammelte er sich doch, und legte dem Bischoff seine Beichte ab, die er ihm anfangs verweigern wollte.

Unter der nehmlichen Begleitung wie sein Freund bestieg er das Gerüste. Im Vorübergehen begrüßte er viele aus seiner Bekanntschaft, er war ungebunden wie Egmont, in schwarzem Wamms und Mantel, eine mailändische Mütze von eben der Farbe auf dem Kopfe. Als er oben war, warf er die Augen auf den Leichman, der unter dem Tuche lag, und fragte einen der Umstehenden, ob es der Körper seines Freundes sei? Da man ihm dieses bejahet hatte, sagte er einige Worte spanisch, warf seinen Mantel von sich, und kniete auf das Kissen. – Alles schrie laut auf, als er den tödlichen Streich empfing.

Beide Köpfe wurden auf die Stangen gesteckt, die über dem Gerüste aufgepflanzt waren, wo sie bis nach 3 Uhr Nachmittags blieben, alsdann herabgenommen und mit den beiden Körpern in bleiernen Särgen beigesezt wurden.

Die Gegenwart so vieler Auflaurer und Henker, als das Schaffot umgaben, konnte die Bürger von Brüssel nicht abhalten, ihre

Schnupftücher in das herabströmende Blut zu tauchen, und diese theure Reliquie mit nach Hause zu nehmen.